SOUTHERN
OKLAHOMA
Library System
Ardmore, Oklahoma

W9-BWK-145

Jimmy Jammers

Jaimito Pijama

Written By / Escrito por

Kevin Brennan

Illustrated By / Ilustrado por

Elizabeth Driessen

To my wife Nancie and three children, Tommy, Ellie, Owen -
my strength, support, and idea factory.
— Kevin

To my husband, Rick, for all his support.
— Betty

The illustrations in this book were rendered in pen & ink and colored with crayon.

Permissions, Raven Tree Press LLC, 200 S. Washington St. – Suite 306, Green Bay, WI 54301
www.raventreepress.com

Publisher's Cataloging-in-Publication
(Provided by Quality Books, Inc.)

Brennan, Kevin, 1969-
Jimmy Jammers / written by Kevin Brennan ;
illustrated Elizabeth A. Driessen. -- 1st ed.
p. cm.
In English and Spanish.
SUMMARY: Tommy has outgrown his favorite pajamas, Jimmy Jammers. Where will he find a new pair? After an imaginative search and a bit of mischief, Tommy's trusty Grandma provides a solution.
Audience: Ages 4-8.
LCCN 2002105378
ISBN 0-9701107-9-0

1. Pajamas--Juvenile fiction. 2. Problem solving--Juvenile fiction. [1. Pajamas--Fiction. 2. Problem solving--Fiction.] I. Driessen, Elizabeth A. II. Title

PZ73.B676 2003 [E]
QBI33-617

Printed and manufactured in the United States of America
10 9 8 7 6 5 4 3 2 1

first edition

Jimmy Jammers

Jaimito Pijama

Written By / Escrito por

Kevin Brennan

Illustrated By / Ilustrado por

Elizabeth Driessen

Raven Tree Press

Tommy's pajamas were falling apart.
"Aargh! This can't be happening! Not my Jimmy Jammers!" he bellowed. Jimmy Jammers were his absolutely favorite pajamas. They had feet with extra grippers on the bottom so he wouldn't slip. He could run on the kitchen floor without wiping out!

El pijama de Tomás se está rompiendo.

-¡No puede ser! Mi pijamita no se puede romper –se quejó Tomás.

El pijamita Jaleo era el favorito de Tomás. Tenía gomas en los pies para evitar resbalones. Podía correr por el suelo de la cocina sin miedo a patinar.

The zipper never got stuck. He loved the zzzzip it made when he pulled it up and down. Plus, zippers were easier than the snaps on his other pajamas. It zipped both from the top and the bottom, making belly scratching very easy.

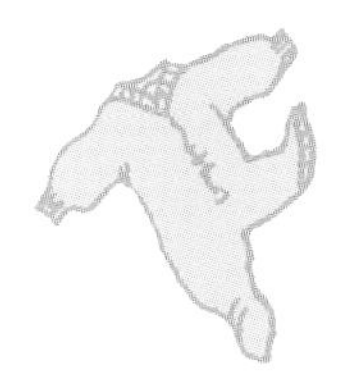

La cremallera nunca se atoraba. Le gustaba el ruido que hacía cuando la subía y la bajaba. Además, las cremalleras eran más fáciles de manejar que los botones de los otros pijamas. La cremallera se podía cerrar tanto por arriba como por abajo, de modo que Tomás podía rascarse cómodamente la barriguita.

The tops and bottoms of other pajamas always got separated in the wash, or put in different drawers. His Jimmy Jammers were just one piece. Whenever he found the tops, he found the bottoms too. Best of all, Tommy's Jimmy Jammers were very comfy cozy. They didn't rub his skin the wrong way. They didn't scratch when he wiped his nose on the sleeve.

Los otros pijamas tenían dos piezas que con frecuencia se extraviaban en la lavadora y terminaban en gavetas distintas. El pijama Jaleo era de una sola pieza. Si encontraba la parte de arriba también encontraba la parte de abajo. Y lo mejor de todo, el pijama favorito de Tomás era muy cómodo y suave. No le irritaba la piel. No lo arañaba cuando se frotaba la nariz con la manga.

But now, they did not fit him very well. Three weeks earlier, Tommy noticed his sleeve was near his elbow! Then the legs got shorter. He had to curl his toes just to get them in. The zipper became a problem last week. Tommy had to suck in his belly very hard to get his Jimmy Jammers closed. He did not want to catch his belly button in the zipper!

Pero ahora el pijama no le queda muy bien. ¡Hace tres semanas, Tomás se dio cuenta de que la manga le estaba llegando al codo! Y las piernas apenas le cabían dentro. Tenía que encoger los dedos de los pies para que le cupieran. La cremallera se convirtió en un problema la semana pasada. Tomás tuvo que encoger muchísimo la barriga para poder cerrar el pijama. ¡No quería cogerse el ombligo con la cremallera!

Dad said, “Tommy, those are way too small, you will have to wear your other pajamas.”
Tommy begged his mother, “Can’t we just get a new pair of Jimmy Jammers?”
“I’m sorry, but they do not make Jimmy Jammers for big kids like you,” his mother explained.

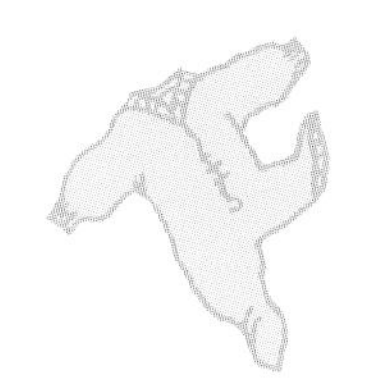

Papá le dijo:
-Tomy, ese pijama te queda demasiado pequeño, tendrás que usar otros.
Tomás le suplicó a su mamá:
-¿Podemos comprar otro pijama como este?
-Lo siento, pero no hacen pijamas como ese para niños grandes como tú -le explicó su mamá.

Wearing the pajamas with the snaps was dreadful. Some nights Tommy could not find the tops, other nights the bottoms were missing. They were scratchy and his nose was sore.

Dormir con pijamas de botones era terrible. Algunas noches Tomás no podía encontrar la parte de arriba y otras, la de abajo estaba perdida. Para colmo, eran ásperos, así que le dolía la nariz cuando se rascaba con la manga.

He planned to solve this pajama problem himself!
“Mom, I’m going for a bike ride,” Tommy said
after breakfast.
He knew just where to go. He had heard his Gramma
talk about a store that would be perfect.

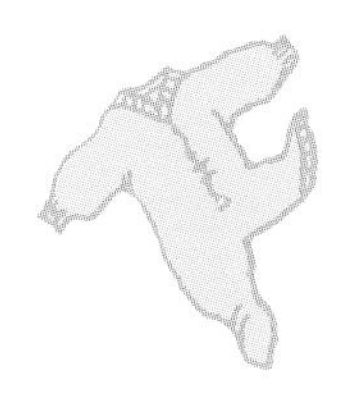

Tenía que resolver el problema él solito.
-Mamá, voy a montar bicicleta -anunció Tomás
después de desayunar.
Sabía adónde iba. Había oído hablar a su abuela sobre
una tienda que sería perfecta.

“Can I help you?” asked the store manager.
“Yes,” said Tommy.
“I need a new pair of Jimmy Jammers. Blue, please.”
“Well son, this store is Jimmy’s Jams. The only blue thing I can sell you is blueberry jam.”
Broken-hearted, Tommy left and got back on his bike.

-¿Puedo ayudarte? -le preguntó el dependiente de la tienda.
-Sí -dijo Tomás-. Necesito un nuevo pijama Jaleo azul, por favor.
-Hijo, aquí sólo vendemos pasteles y jaleas.
Descorazonado, Tomás salió de la tienda y se montó en la bicicleta.

Jimmy's Jams

He overheard two women talking.
“Yes, I got just what I needed across the street at Ginny’s.”
Did he hear that right? He went right over. A bejeweled, important-looking woman stopped him.
“Young man, are you lost?”
“Um, I would like a pair of blue Jimmy Jammers please.”
“Silly boy, you are at the finest jeweler in town, Ginny’s Gems. There are no Jimmy Jammers here.”
“Okay,” he muttered. “One more try.”

Entonces, escuchó a dos mujeres que hablaban:
-Pues sí, encontré lo que necesitaba, ahí enfrente, en la tienda de Pilar Mateo.
¿Habría oído bien? Tomás cruzó enseguida. Una mujer muy enjoyada y elegante se dirigió a él:
-Jovencito, ¿estás perdido?
-Bueno, quisiera un par de pijamas Jaleo azules.
-Pero, qué dices, esta es la joyería de Pilar Mateo, la mejor de la ciudad. Aquí no hay pijamas Jaleo.
-Está bien –murmuró Tomás-. Seguiré buscando.

Tommy read the big signs above the stores. Excited, he read a sign across the street. Inside the store, shelves were filled with all sorts of paper and ink bottles.

"Welcome to Timmy's Banners, can I help you?"

Tommy muttered, "Oh, never mind."

Finding a new pair of Jimmy Jammers seemed hopeless.

Tomás leía los letreros de las tiendas. De pronto, le pareció ver un letrero que ponía Pijamas Jaleo. Dentro de la tienda, los estantes estaban llenos de toda clase de papeles y frascos de tinta.

-Bienvenido a la papelería Tomeo. ¿Puedo ayudarte en algo?

Tomás susurró decepcionado:

-No, gracias.

¡Qué difícil era encontrar un nuevo pijama!

There was only one thing left to do. Mom and Dad were out to dinner, and Gramma was babysitting. After his bath Tommy put on his fixed pajamas.
"Goodness!!" Gramma gasped. "What happened?"
"Oh Gram, where do I start?"
Tommy described his day, ending his story with how he finally had to fix his Jimmy Jammers himself.

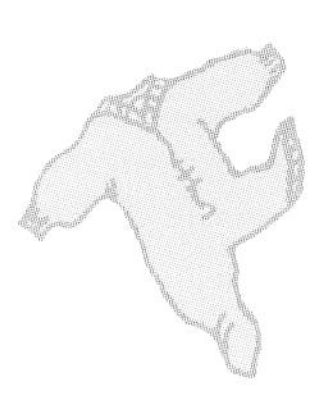

Sólo le quedaba una opción. Sus papás habían salido a cenar y su abuela había venido a cuidarlo. Después de bañarse, Tomás se puso el pijama Jaleo que él mismo había "arreglado".
-Pero, ¿qué es eso? –se asombró la abuela-. ¿Qué le pasó a tu pijama?
-Nana, tengo un problema. No sé por dónde empezar.
Tomás le describió todos sus intentos por conseguir un pijama, hasta que decidió arreglar él mismo su pijamita.

"Why don't I see what I can do with these," Gramma soothed.
She rubbed his back until Tommy fell asleep.
That night he had wonderful Jimmy Jammer dreams.

-Vamos a ver en qué te puedo ayudar –lo consoló abuelita.
Le acarició la espalda hasta que Tomás se quedó dormido.
Esa noche, Tomás soñó con su pijama Jaleo.

The next night there was a knock at the door.
It was Gramma!
“Why don’t you open this in your room?” she smiled.
“I love them!” Tommy exclaimed. “These are even better than my Jimmy Jammers.”

Al día siguiente, por la noche llamaron a la puerta.
¡Era la abuela!
-¿Por qué no abres este paquete en tu habitación? –le dijo con una sonrisa.
-¡Me encanta! –exclamó Tomás-. Es incluso mejor que mi pijama Jaleo.

His new pajamas were oh, so soft. Gramma had used his old zipper. Sure enough, it still zipped both ways. And what was on the feet? These feet were the grippiest feet ever! He could run even faster with these grippers.
"Jimmy Jammers are for little kids," Tommy thought.

"Big boys wear Grammy Jammys!"

El nuevo pijama era... taaaan suave. Abuela había usado la cremallera del viejo pijama, de modo que este también se podía cerrar por arriba y por abajo. Y las suelas de goma eran las mejores del mundo. Ahora podía correr aún más rápido.
-Los pijamas Jaleo son para niños pequeños –pensó Tomás-.

Los niños grandes como yo usamos... ¡pijamas de la abuela!

"Jimmy Jammers" Glossary

English	***Español***
pajamas	***el pijama***
zipper	***la cremallera***
store	***la tienda***
blue	***azul***
sign	***el letrero***
Gramma	***Nana***
feet	***los pies***
jam	***la jalea***
gems	***gemas***
Tommy	***Tomás***